설탕 어머니

류현주

전라북도 정읍에서 태어났다.
중앙대학교 대학원을 졸업했다.
2024년 『서정시학』을 통해 시인으로 등단했다.
시집 『설탕 어머니』를 썼다.

파란시선 0176 설탕 어머니

1판 1쇄 펴낸날 2026년 3월 20일
지은이 류현주
인쇄인 (주)두경 정지오
디자인 이다경
펴낸이 채상우
펴낸곳 (주)함께하는출판그룹파란
등록번호 제2015-000068호
등록일자 2015년 9월 15일
주소 (10387) 경기도 고양시 일산서구 중앙로 1455 대우시티프라자 B1 202-1호
전화 031-919-4288
팩스 031-919-4287
모바일팩스 0504-441-3439
이메일 bookparan2015@hanmail.net

ISBN 979-11-94799-28-3 03810

값 12,000원

설탕 어머니

류현주 시집

시인의 말

늦잠 자는 여자를 지나쳐 가는 여자가
기타를 꺼내 들고 목청껏 노래를 부른다
버터와 커피와 빵 앞에서 구부정하던 여자가
새로운 그녀를 보고 있다
비스듬히 벽에 기대 책을 거꾸로 넘기는 여자가
외출을 서두른다
루주 바른 여자들이 한꺼번에 현관 앞에 선다
한 켤레의 초록 구두 속에 휘청이는 여자들이
골목길을 빠져나가자 사방으로 튕겨 나간다

차례

시인의 말

제1부

눈사람

눈 내리는 밤 공원에
누군가 만들어 놓고 간 눈사람
전생에 한 번쯤은 사람이었던 걸까
심하게 부려먹은 손이 없네
전생에 한번은 떠돌이였던 게지
종일 걸어왔을 두 다리도 없네
볼을 한 번 꼬집으니 살점이 부서져 내려도
서 있기만 하는 눈사람
너무 많은 말을 해 버린 걸까
너무 많은 것을 알아 버린 걸까
아프다 할 눈 코 귀 입 하나도 없네
보고 들어야 할 세상이 모두 절벽인 사람
그리하여 온몸이 눈물로 가득 채워진 사람
누더기 이파리를 뜯어 눈을 하나 만들어 주네
잘못 든 길 돌아가려다 한밤을 서성이는
날 알아보고 웃고 있네

一 획

一

한 시인이 일곱 권의 시집을 내고 가는 동안
유명 소설가가 열 권의 베스트셀러를 기록하고 있는 동안
저 강물은 오직 하나의 글자에만 매달려 있다

사람의 영혼을 매단 글자들
수억만 장의 종이 위로 구물구물 살아갈 수는 있지만
백 년이 다해 한 장의 종이로 바스러지기도 하는 일
고단한 그들 사이에서도 강물이
가장 오래 살아남은 것은
한 획으로 많은 사람들을 먹여 살렸기 때문

쓰고 지운 흔적들은 길게 늘어나 있다
오랜 뒤척임으로
손의 힘이 빠지기도 하여
위로 혹은 아래로 구부러져 있다
긴장된 떨림이 잠시 서린 곳
옹이가 박혔을 자리마다 제 몸을 때리며
세차게 흘러간다

二

한 획이 깊어지는 일은 고독한 일

안개가 산등성이로 올라가는 정오 무렵이면
발아래 북녘이 내려다보이는 강가로 가
깊어진 한강을 유심히 내려다보는 사람들
강이 쥐고 있는 손을 바라보며
자신도 모르게 힘을 주고 있는 것이다

낡은 신발을 끌고 간다

폐업한 식당 안에
나무조각상 부처가 갇혀 있다

심심해진 부처는
뿌연 먼지를 털고 일어나
무얼 신었던가
두리번거린다

노을빛이 내려앉는 시간이 되면
화두를 허공에 띄워 놓고 무얼까 무얼까
또다시 엉덩이를 들고 나온다

밖으로 나가는 일은
어느 생에서나 쉽지 않다
시끄러운 사람들의 먹는 입
긴 묵상으로 견뎌 왔지만
찾는 것은 언제나 밖에 있는 것만 같아
삐이걱 문 열어 보는 곳에서
내 눈동자와 마주친다

부리나케 되돌아가 앉는 자리
시커먼 맨발을 가리려다
화두를 내동댕이치곤 한다

그림자 옮기기

팔백 살 먹은 은행나무의
그림자를 끌고 와
문밖에서 놓을 곳을 찾는다

갇힌 새들의 지저귐이 요란하다
둥지를 잃고 막 잠에서 깨어난 새
영문을 모르고 따라온 작은 영혼들까지 뒤섞여
내 몸을 쪼아 대고 있다

어머니를 산에 묻고 돌아온 날
어머니 그림자를 마당에 내려놓고
나도 저토록 서럽게 울었던가
동동거리는 발소리 밥 먹으라는 외침 소리
갇혀 나올 수 없었던가

삼백 년 전의 아침이 밝았다 사라진다
육백 년 전 아이 부르는 목소리 들려온다
새들은 쉼 없이 날아다니며 내 몸을 쪼아 대고
나무와 산이 눈앞에서 사라지는 까닭을 알아내기 위해
그림자를 세우는 데만도 반나절이다

내 명의의 집

이십 년 동안 부은 적금으로
하늘의 구름집을 샀다
앉으면 깊어지고 누우면 늘어난다
다섯 시간을 달려야
모서리에 닿는 침대에 누워
깊은 잠에 빠져든다
지상에는 내릴 수 없는
독수리 날개 무늬 탁자와
은하수가 움직이며 떠가는 책장의 요술 문
무지개가 종일 피어오르는 커피잔
이곳에 나무를 심어
뿌리를 단단히 내려야겠어
울타리를 쳐서 튼튼하게 막아 둬야 해
지나가는 또 한 무더기의
구름 떼를 바라본다

벼랑을 끼고

눈에는 보이지 않는
벼랑을 끼고 앉아, 그녀는
깊은 잠에 빠져들 수가 없다
팔 하나가 벼랑 쪽으로 기울어
수시로 무릎 위로 끌어당긴다
불어오는 바람이
그녀의 치맛자락을 흔들고 있다
세상을 가장 멀리 가 본 닳아빠진 구두가
지그시 입구를 누르고 있다
덜컹덜컹 정거장마다 커지는 입이
그녀를 향해 덤벼든다
잠 속으로 빨려 들어가려는 가방을
손잡이마냥 재빨리 붙잡는다
바람의 잦은 출몰로 지쳐 가던 그녀
덜컹, 하는 소리에 놀라
그녀의 자리를 찾아 돌아 나오고 있을 때
그녀는 여전히 어둠 속에 앉아 있고
그녀를 삼키려는 바람은 가까이에 있다
내려야 할 정거장의 문이 열리자
그곳이 유일한 출구인 듯

낡은 구두가 먼저 내려선다

봄을 실어 나르는 버스

진달래 핀 봄 산을
한 채 실어 오는 중이다
우묵한 고목을 받치고 있느라
뒷바퀴의 입이 찌그러졌다

강을 실어 오던 날은
출렁이는 물살이 운전석까지 넘쳐났다
숨을 쉴 수 없었던 운전수는
좁은 창문을 열고 강물을 몰래 퍼내었다
버스가 기우뚱거리며
강의 허리가 조금씩 패여 나갔다

유리창에 거대한 빌딩 숲이
부딪힐 듯 다가오고 있다
움츠린 새들이 새로 생긴 집에 앉아 보려고
거대한 날갯짓으로 차오른다
나무의 시간을 내려앉지 못해
유리창에 머리를 박고 있다

귀가 먹먹해진 사람들

시끄러운 새소리를 걷어 내고
비탈진 계단으로 떠나간다
무릎에서 조금씩 흘러내리고 있는 산
종점이 다가오자 나와 산만이 덩그러니 남았다
흙투성이 산을 황급히 끌어내리자
금세 사라져 가는 봄

달팽이

사람들은 그녀가 문을 달았다고 말했지만
그녀의 문을 본 사람은 없다
탈춤을 추면서 대학 시절을 충만하게 보냈던
그녀를 잘 아는 내가
변두리 초라한 레스토랑에 쭈그리고 앉은
그녀 곁으로 가까이 다가갈 때까지도
작은 풀잎 하나에 매달려
느리게 느리게 걷고 있을 뿐이었다
포장된 웃음을 내밀며 건드려 보았다
가던 걸음을 멈추고 돌아보았다
그녀는 집에서 여기까지 걸어오는 데만
십 년이 걸렸다고 웃어 보였다
커피를 마시며 접시에 놓인 고기를 자르기 시작했다
고깃덩이가 그녀의 입안으로 들어갈 때마다
나약한 나의 목이 딸려 들어갔다
그녀의 눈은 때때로 이슬로 변해 갔다
육백만 원을 어떻게 변통할 수 없을까
휘청이던 등짐이 기울어졌다
유리문 밖 사거리 사람들은 빠르게 지나가고
평생 걸었던 두 뼘 남짓한 거리

좁은 유리문 안으로 그녀를 밀어 넣고 나오자
작은 이파리 하나를 붙들고
천천히 기어오르기 시작했다

검은 대낮

단 한 번도 잠을 자 본 적이 없다 잠이 들었다 하는 순간
친구 상은이를 만나 돈을 갚지 않았노라 싸우다 눈 깜빡할
틈도 없이 고향 마을로 달려간다 감나무에 달라붙은 홍시
를 따 먹기 위해 대나무 장대를 흔들어 댄다 온몸이 노곤해
져 잠들기 전보다 더욱 지쳐 잠이란 곳에서 멀어진다 내 친
구 뚱보가 알려 준 방법이 떠올라 양푼 가득 밥을 비벼 배에
든든하게 몰아넣고 드러눕는다 살포시 감겨 오는 눈 사이
로 죽은 친구가 다리를 건들고 있다 벌떡 일어나 내장산 서
래봉에 올라 발에 닿는 대로 능선을 따라 걷는다 효도를 해
야 해 친구는 살아 있는 어머니 아버지를 주머니에 가득 담
아 와 막말을 하듯 흩뿌린다 발아래에서 돌로 변해 가는 사
람들 주머니에 하나씩 쑤셔 담아 넣고 신선봉 연지봉 까치
봉을 넘어 백양사 가는 고개로 기어오른다 구름봉에 묻어
주자 금세 자란 풀들이 배고픈 악어처럼 입을 벌린다 드디
어 수원이네 지붕이 보인다 느려졌던 발걸음이 그곳에 닿
기 전 문득 초조해진다

사라진 자전거길

책을 보다 잠이 든 꿈속으로
세차게 자전거를 몰고 오는 사람이 있다
비켜야지 하다 벌러덩 넘어지고 말았다
아앗, 내 비명 소리에 놀라 잠에서 깬다

진짜인 듯 시큰거리는 무릎을 매만지며
치우지 않은 거실의 과자 봉지를 바라본다
조용한 이 집으로 누가 자전거를 몰고 왔을까
식탁 위의 흐트러진 그릇들

뿌연 얼굴의 자전거를 탄 그 사람
서둘러 이곳을 지나가려 했다
나를 믿고 전속력을 내고 있었다

갈 길 가지 못해
망연자실 앉아 있을 것이다
산다는 핑계로 한 치의 여유도 없이
사라져 버린 나의 자전거길
또 지나가는 사람 다가올까
쭈그러진 내 몸속 길을 털어 본다

목도장

뭉툭하게 살아온
몸 한쪽을 긁어내고
내 이름 세 글자가 그려지면서
나의 가장 큰 나무가 되었다
그가 걸어온 먼 길 속에는
거꾸로 박힌 몸인 줄 모르고
함부로 덤벼든 골목이 들어 있고
변두리로 떠돌던 서러운 저녁상과
빚으로 지은 좁은 집 마당이
옹색하게 새겨져 있다

십 년이란 세월은
모래 위에 찍힌 새 발자국처럼
애잔하게 표시가 나고
함부로 넘나들던 그의 몸도
어느덧 이가 숭숭 빠져
낡은 가죽 지갑 안에서 볼품없이
쭈그러든 나의 작은 나무
잊고 사는 내 등 뒤로
나를 기억하는 남루가 고여 있다

필담

커튼이 드리워진 병실에서
밖의 날씨를 묻는다고 생각했다
비가 와요, 라고 적는다
파란 거짓말 자국이 남는다
날씨를 지우기 위해 눈보라가 창밖을 요동친다
거짓말이 퍼진 방을 흔들어 댄다
오 년 전부터 이곳에선 소리가 들리지 않는다
암세포가 그의 몸 전부를 덮을 때까지
새삼스러울 것도 없이 적막해져 있던 방
많이 아파? 입 모양으로
빈 방울 소리를 흔들어 본다
요술 세상인 듯 커지는 방울 소리 흔들며 날아가고
지상에서 멀어져 버린 그의 귀에 닿을까
침묵만이 수천 개로 되살아나는 소리
십 년 전부터 행복했어요,
다시 손에 힘을 주기 시작한다
눈으로 거짓말을 센다

노스님의 면벽

계곡을 거슬러 올라
처소에 다시 내려올 때까지도
스님은 여전히 벽면을 보고 앉아 계신다
깊은 산 그림자가 절 마당까지 불어나
팽팽하게 수평을 유지하고 있던 노스님의 어깨가
웬일인지 한쪽으로 기울어 가고 있다
급한 마음에 나를 들어 가만히 괴어 놓는다
뭉칫돈을 괴어 놓았던지 풀썩 주저앉았다
단단한 돌덩이를 들어 받쳐 놓는다
독설로 뭉쳤던 자리 툭 깨지고 말았다
어깨를 올려놓지 못한 채
스님은 자꾸 기울어 간다
순간,
스님의 어깨 위로
파닥거리며 올라오고 있는 물고기 떼
잠을 자면서도 잠들지 않았던
수만 마리의 작은 물고기 떼들이
커다란 죽비가 되어
기울었던 스님의 어깨를
"탁" 하고 내리친다

물 도화지

호수의 물결들이 그림을 그린다
나무는 남빛 꽃은 검정
아기 새를 올려다보는 중이다
아기 새를 도화지에 내려놓고
은빛 물결들 세차게 파들거린다
선을 뭉개는 심술궂은 바람
느티나무에 얼른 묶어 놓고
수양버들 꽝꽝나무 팔각정 뒤
부지런히 그림자를 매달고 있다
저녁이 되어서야 눈을 감는 물결들
달빛이 내려와 무거워진다
나무에 달린 열매 하나
도화지 끝으로 풍덩 떨어진다
도화지가 흔들거린다
도화지 속 세상이 모두 흔들거린다

산

한쪽 팔과 다리에
풍이 든 할아버지 지팡이를 짚고
저녁노을을 향해 걸어갑니다
좀처럼 움직이지 않는 몸
붉은 노을을 향해 앞장서 가지만
이를 받치고 가는 몸
시커먼 그림자가 되어 뒤를 따라갑니다
퀵보드를 탄 사내아이가 휙
할아버지 곁을 스쳐 지나갑니다
멈칫하며 천천히 고개를 돌려놓는 사이
저녁노을이 길어집니다
아파트 귀퉁이에 모로 누워 있던 어둠이
할아버지를 물어 끌어당깁니다
시멘트 담벼락에선 아이들이 세차게 공을 몰고 있습니다
장바구니를 들고 이들 사이를 천천히 걸어 나오고 있는 동안
작은 공 하나가 수많은 초원을 뿌옇게 일구어 냅니다
하지만 할아버지는 아파트 반 동도 채 돌기 전에
벌써 숨이 가빠져 있습니다
세상에서 가장 높은 산이 아마 거기쯤 서 있을 거라
가만히 짐작해 봅니다

제2부

발

한여름 갑작스레 시려 오는 발은
땅에서 뿌리 뽑힌 기억 때문이다
시원한 물을 벌컥벌컥 들이켜고
옹알옹알 즐거운 한 시절을 보냈던 나는
허공에 발을 눕힌 후로
잘려 나갔던 기억 쪽에서 시려 온다
머리카락이 까만 걸 보면 햇볕이 강했고
손가락이 열 개로 갈라진 것을 보면
바람이 거칠게 몰아간 곳에서 살았다
지금은 신발을 붕대처럼 꽁꽁 싸매고
생의 주인인 듯 쏘다니지만
홀로는 목적한 곳을 찾아내지 못해
돌아설 적마다 사람들을 쿡쿡 찔러 댈 뿐
두터운 천을 덧대어 오늘도 멀리까지 걸어 나왔으나
돌아갈 길을 깨닫지 못해 돌턱에 주저앉아
화끈거리는 발을 매만지고 있다
호되게 쫓겨났던 기억만이
날카로운 단면에 남아 있어

도돌이표

엘리베이터를 타고
쉼 없이 칠 옥타브를 올라가면
피아노 치는 여자가 살고 있다
숱한 아이들을 도돌이표 안에 가둬 놓는
그 여자는 두 팔이 없다
마음만 먹으면 팔이 되어 나오는 도돌이표가
몸 구석구석에 박혀 있다
집 안에 들어서자 나를 조준한다
우리 아이에겐 신선한 음악이 필요해요
그녀의 몸이 꿈틀거리기 시작했다
베토벤 모차르트 쇼팽 그들이 걸어온 길들을
이젠 벗어나게 하고 싶군요
표적이 되어 있던 나의 이야기는 서둘러 끝이 났고
화음을 이루어 냈을까 걱정하며 바닥을 훔치고 일어났을 때
그녀는 벌써 부엌으로 달려가
갈고리 하나를 꺼내 씻고 있었다
신발을 꿰차느라 늑장을 부리고 말았다
나의 뒷덜미를 낚아챘다
머리카락까지 스며들어 있던 수많은 악장들과 악보들
외길로 맴돌던 음표들이 갈고리 끝에 매달려

나의 땀 냄새와 함께 비린내를 풍기고 있었다
나는 문밖을 나서지 못하고 있다

감은사로 간 시인

답사객으로 보이는 45명을 태운 버스가
주차장으로 들어서자
46명의 사람들이 쏟아져 나온다
방생을 서두르기 위해 머리에
연꽃무늬가 새겨진 돌을 든 사람들
감은사가 있던 언저리를 가리키며 저기쯤이었어
부지런한 걸음을 재촉하며 언덕길을 오른다
머리가 희끗희끗한 46번째 방생자도
서두르는 법 없이 뒤처지지 않는 걸음으로
후미를 따라 오르고 있다
돌은 자기가 가지고 온 무게만큼 놓였다
반석 위로 석주를 세우고 제단을 쌓고
마음 크기대로 제물을 올려놓으니
순식간에 비탈진 언덕 위로 작은 절 하나가 세워졌다
증표가 필요해
숨을 고르고 있던 의심 많은 소설가가 입을 열었고
사진기를 들고 온 곱슬머리 사진작가가
흐트러진 빛을 끌어모아 사진을 찍는다
돌의 무게를 덜어 한결 가벼워진 사람들
앞에 서고 뒤로 빼고 발을 세우고

감은사가 흔들릴까 봐 눈을 깜빡이지 않으려
다시 한번 하나 두울 세엣
순간, 감은사가 사라졌다
누구 하나 감은사를 말하지 않았다
산머리에 붙어 있던 해가 놀라 기울어 갔다
잃어버린 감은사를 찾아내야 해
덩그러니 깨진 석탑만 남은 빈터
45명을 태운 버스가 서둘러 떠나갔다
46번째 방생자를 본 사람 아무도 없었다

눈물 저장법

올드렌쟈인 노래 때문이었을 거야
폭죽이 한 번 터질 때 전주곡이
스무 살 언덕으로 나를 밀고 갔지
잠들지 않은 누군가 한강 변에서 쏘아 올린 폭죽
그러나 소리는 들리지 않았어
과거의 흔적을 돌아보는 무성영화의 필름처럼
목소리가 빠져 버린 거야
컥컥 변사의 기침 소리로 몇 장면을 넘기고
다시 몸가짐을 정리했을 때는
폭죽이 세 번째 파열음을 내며 사라졌어
빨리 돌아간 필름을 되감기 시작했어
잡힐 듯한 영상은 소리를 지르며 으깨지고 말았지
너를 만나지 못했어
연주자의 깊은 들숨이 뱉어질까 걱정하며
인생은 너무 순간적인 숨과 숨 사이에 있는 건 아닐까 하
다가
색소폰을 여는 소리 하나하나가 인생의 단추라 생각했어
너무 어린애다운 발상이구나 생각했을 때는
네 번째 폭죽이 터지면서 한강 끝에 도착했지
눈앞에서 사라져 버리는 그곳

집으로 가는 길을 물어 왔어
택시 기사는 소리를 듣고 있지 않았지
올드~르렌쟈인~
손발 없는 물결들을 바라보았어

*올드렌쟈인(Auld lang Syne): 스코틀랜드 민요. 케니 G(Kenny G)의 색소
폰 연주.

설탕 어머니

마흔 번째 생일날
케이크 앞에 혼자 앉아 있으려니
맨발로 달려오는 죽은 마미
왜 혼자니 왜 혼자인 거야 춤을 춘다
생일 케이크 속으로 들어가 마구 뛰어다닌다
반가운 나머지 쑥 뽑아 입술에 대니
어쩜 이렇게 맛있는지
마미는 간지러워 웃는다
어쩜 그대로인지
얼굴에 혀를 부비니 볼이 녹는다
녹는 눈 녹는 입술
부드러운 입술이 쉴 새 없이 핥는다
머리카락도 치마도 왜 이렇게 단 걸까
등섶의 쓸쓸한 바람이 뒷맛으로 따라온다
혀의 굴곡을 지나 목구멍으로 넘어간다
간지러우니 제발 나를 간질이지 마
굽어진 등이 사라진다
휘어진 다리가 사라진다
치마까지 발목까지 모두 삼키고 나니 들려온다
아이 답답해 제발 꺼내 줘

손가락에 붙은 냄새까지 모두 핥아 먹자
깔깔깔 웃으며 돌아다닌다
니 속이 이리 뜨거웠니

남편 고르기

내 남편은
아내를 고르기 위해 망치를 들고 왔다
툭 타닥 툭툭
찢어진 눈의 틈새로 엿보고 있다
어깨를 두드리고 반향을 엿듣는다
그의 방식은 적중했다
망치 끝의 전율이 나의 아픈 진원지를 찾아냈다
부실한 다리가 흔들거린다
파란 심장이 바닥으로 떨어져 나간다
눈알은 길을 잃고 몇 바퀴 굴러 멀어졌다
담배 연기를 훅 끼얹으며 그는
떨어진 내 몸의 조각들을 집어
재빨리 못을 박기 시작했다
쿵쾅 쿵쿵 쾅
망치질 소리가 최고조에 이르렀을 때
내 몸에선 이상한 소리들이 새어 나왔다
사 무 으 그 흘
커다란 나비 모양의 심장이 완성되고
그의 명령은 단호해졌다
걸어!

그의 망치질 소리는
십 년이 넘도록 그치지 않는다
한밤중에도 벌떡 일어나 망치질을 하곤 한다

조각조각 이어 붙은 통증을 끌며
슬그머니 남편에게로 다가간다
두드리는 일밖에는 할 줄 몰라
죽죽 금이 간 남편을
이리저리 만져 보기 시작한다

변형되는 하루

습관처럼 튀어나오는 영어 단어를
재빠르게 변형하는 동안
떠오르지 않는 단어를 생각한다
영영 떠오르지 않는 단어의 몸속은
흉터가 자리 잡은 것처럼 깊고 적막하다

영어를 말하고 있는 사람은 외국이란 생존의 땅
수많은 단어들과 실랑이를 벌였을 밤 동안
나는 수은등이 비치는 골목에서
시대의 해법이라도 찾은 듯이
무거운 책들을 추슬러 올리거나
크고 작은 상처들에 골몰했다

변형되려는 순간마다 새록새록
기억들의 포화로 막막하다
변형되지 않으려는 것들 속에
상처는 안전하게 보관되어 있다
상처는 어디론가 떠나려고 한다
거리를 이동시키는 능숙한 발걸음들
그러나 매번 새롭게 등장하는 단어는

나를 다시 익숙한 곳으로 데려다 놓는다

가난한 외출

너를 만나고 돌아와
옷을 벗지 않고 앉아 있으면
여전히 너와 함께 있는 것이지
열 오른 조명등의 샛길과
파랗게 패인 눈꺼풀의 커피숍
너와 함께 마주 앉아 있는 것이지

신발을 벗지 않고 벽을 오르내리며
사다리 없이 지붕을 기어오르는
공기로 된 의자에 몸을 앉히고 갸웃대는 몸짓들

시간은 갈수록 움직임이 더뎌지고
커피숍은 빵처럼 부풀어 오르다 꺼져 버린다
지붕만이 여전히 자신이 금붕어인 줄 알고
하늘로 헤엄쳐 다닌다

당신이 사라지고 없는 스무 살
사라져 가는 색깔들의 향기와 커져 오는 발자국
접을 수 없는 웃음소리에 가까워지려는 순간
인적 없는 텅 빈 골목길

두 발이 사라진 것을 모르고
두 귀가 떨어져 나간 것을 모르고
새벽이 가까워지도록 팽팽하게 작아진 옷을
벗지 않고 앉아 있을 셈이지

수상한 짐승

급정거하는 순간
손잡이를 움켜잡으며
쏟아지려는 내 안의 짐승 소리를 듣는다
익숙해져 가는 정글의 법칙을 준수하는
바퀴 달린 버스 위의 집
살찐 열매마냥 바람만으로는 이동할 수 없어
구르는 바퀴 위에 올라탄 것이다
어디서 살까 어디에 몸을 부릴까
소음 때문에 환청이 생겨
귓구멍에 칡넝쿨 같은 이어폰 꽂아 막고
방배동에서 논현동으로 가고 있다
똥을 누고 싶다는 생각
겨드랑이를 긁고 싶다는 생각
고장 난 몸의 일부에선
일 그램의 눈물이 피어올라 눈앞을 가로막고
옆에 서 있는 짐승의 신음 소리를 듣지 못한다
이번 정거장은 고속터미널입니다
갈아타실 분이 내가 되었을 때
거대한 새의 날갯짓이 잠시 떠올랐지만
날갯짓 시늉으로 더듬더듬 계단을 찾아 나선다

갈아타기 위해선 언제나 수상한
인간의 생각으로 갈아타야 한다

뜨거운 나뭇잎

성질이 불같은 아버지가
삼켰다 뱉어 낸 그는
말을 하면 타 버린 나뭇잎이 쏟아져 나온다
꼬깃꼬깃한 나뭇잎을 내밀며 처음
손바닥 위로 펼쳐진 작은 이파리가 예뻤다
볼품없는 나뭇잎들을 한 장 한 장 붙여 가며
근사한 나무 한 그루 만들어 보기로 하였다
누런 잎이 쏟아져 나오기 시작했다
황갈색 녹청색 감청색 검정색
화가 나면 밥상에서건 거실에서건
타다 만 나뭇잎들 후두둑 떨어져 내렸다
기분이 좋아진 어느 날엔
연초록 잎을 아이들 앞에 살랑살랑 떨어뜨렸다
까르르까르르 웃다가 겁먹은 얼굴로 도망쳤다
플라스틱 나뭇잎을 건네주었다
가슴에 두었다 말을 할 때마다 내밀라 하였다
종일 가짜 나뭇잎을 소모하고 돌아왔다
밤이 되면 그의 몸에 가득 쌓인 나뭇잎들
수거해 버렸다 잠이 든 몸에서 꺼낼 때는
쏟아 내지 않으려고 한껏 오그라들었다

리필

식은 커피잔을 들고
강가의 커피숍으로
다시 리필이 되는지 물으러 간다
돌아보니 그녀는
강물을 따라 흘러가고 있다
커다란 버드나무 줄기 하나가
그녀의 머리 위로 휘어져
떠밀려 가던 생각을 붙잡는 듯 출렁인다
커피가 채워지는 동안
강심으로 가 버린 여자를 바라본다
사랑을 하고… 있…어
말수가 없는 그녀의 온몸을 뚫고 나온 한마디
남편이 되어 버린 혹은 아이가 된 플라스틱 의자는
조각배가 되어 떠나려 한다
버드나무 가지를 던지는 듯
뜨거워진 커피잔을 들고 다가가
젖어 있는 그녀를 꺼낸다
강물 속의 여자를 쉼 없이 리필해 준다

두 개의 명함

　믿을 수 없었던 건 심장마비로 급사하고 나서 계단을 몇 바퀴 더 구른 허 씨의 몸에서, 두 장의 명함이 고스란히 발견됐다는 점이다. 새로 짓는 아파트를 돌며 수도관을 설치하던 허 씨는 먼지와 석면 냄새를 뚫고 반짝이는 은빛 관을 꽂는 기름때 절은 이름과, 일을 마치고 깨끗한 옷으로 갈아입고 돌아가는 가벼운 걸음의 또 다른 이름. 간혹 버스 정류장이나 번잡한 지하철에서 반갑게 인사하는 그를 마주칠 때면 고개를 숙인다거나 바지가 들어 올려지는 양말 사이사이로 때 절은 명함의 둘레가 삐져나오는 걸 감출 수는 없었다. 이렇듯 두 개의 다른 이름이 동시에 발견된 일은 처음 있는 일이었다. 소식을 전해 들은 검시관은 신기한 듯 득달같이 달려와 사망을 확인하고 명함 한 장을 거둬 갔다. 한국건설, 시설제3과장, 팩스 번호, 전화번호. 대조 작업을 마치고 주민번호를 꼼꼼히 기록하고 돌아갔다. 낯선 이름이 바닥에 남았다. 햇살 속으로 얇아져 가고 있는 종이 한 장, 조실부모, 중학교 중퇴, 월세 전전. 들썩이는 바람만이 낡은 명함 한 장을 읽고 있었다.

모래 시간

어린 날 공터에 놓인
나의 빈 그릇은
모래를 가득 담을 수 있었다
원하는 만큼 가질 수 있어
참새 소리도 나무 그늘도
일 나간 어머니도 가득 담았다 비워 냈다
모래는 단단해지기도 하여
돈 벌러 나간 아버지를
종일 가둬 둘 수 있었다

골목길을 나서려는 나의 입이
누군가가 틀어막아 움직이지 못한다
거리를 활보하려 하였으나
머리가 부엌으로 찰싹 달라붙는다
머리를 떼어 내려고 부엌을 밀칠 때마다
눈물을 닦아 내지 못한 내 손을 잘라 간다
발을 바꿔치기해 도망친다
오후가 되기도 전 잘디잘게 부서져 내린
내 몸이 된 가루는
뾰족한 기둥마다 머리를 세차게 박는다

선물

선물을 좋아하는 아이는
생일 선물을 건네주자
선물만 빼 가고 엄마를 선물 박스에 넣어 버렸다
좁은 박스 안에서 죽을 듯 말 듯 살아 돌아온 엄마는
이튿날 아침에 아이를 박스에 넣어 버렸다

아이가 운다
밤이고 낮이고 대문 밖에서 골목 밖으로
울음소리 멈추지 않는다
울음소리마저 박스에 넣어 분리수거 통에 버렸다
아이의 울음소리가 멎었다

벨소리에서 태어난 아이는
거실에 앉아 선물을 좋아한다
인형과 시계를 받아 챙겨 가고
할머니 할아버지를 버린다
아이는 쉴 새 없이 사라지고
더욱 빨리 태어난다

나무의 언어

아이가 커서
말을 안 들을 무렵이 되면
방문을 닫아걸고
친구들과 속닥거린다
밥 먹어라, 해도 나오지 않아
귀 기울이면
나무로 만든 언어를 쓰고 있다
가지를 흔들거나 딱딱 마주치는 소리로
약속 장소를 만들어 낸다
일기 쓰는 일마저 멈춰 있어
낙서라도 뒤적이는 날이면
암호 그림 가운데 변신해 있다
찾느라 한참을 헤매다 보면 더 깊은
정적 속으로 숨어들어 가 보이지 않는다
아이 부르는 소리 줄어들고
지쳐 잠이 들고 나면
집으로 돌아올 무렵이 되어서야
빈 나뭇가지를 흔들어 대는 말들이
거세게 흔들린다

제3부

붉은 리코더

아이가 리코더를 불고 있다
커다란 플라스틱 통을 움켜쥐고
입술을 집어넣고 머리를 집어넣는다
아무도 눈여겨 주지 않는 일요일 오후
작은 구멍 속으로 빨려 들어간 입술과 머리는
하찮은 바람이 되어 쏟아져 나온다
시끄럽다고 누군가 소리치자
구석진 곳으로 자리를 옮겨 가며
손을 집어넣고 다리를 집어넣는다
불덩이가 된 전부를 녹여
코끼리 바람을 만들어 내고 있다
연속극 대사가 잘못 따라 들어가면
머리카락처럼 쏟아져 나와 바닥을 뒹군다
온 집 안이 뜨거운 바람으로 차오를 무렵
아이를 흔들어야 했다 뻥 뚫린 리코더가
그녀를 형체도 없이 삼킨 뒤였다
붉은 리코더를 흔들어 본다

잇몸

내가 태어날 때부터 할머니는
한 개의 이도 없었다 오직
잇몸으로만 질겅질겅 씹으셨다
누구도 할머니의 소화 능력을 따라잡진 못했다
체하거나 탈이 나는 사람은 이가 멀쩡한 우리들이었다
작은고모의 인도로 영세를 받은 할머니는
십자가 앞에서 기도를 하셨다
글씨를 제대로 읽지 못해
잇몸으로 하느님 말씀을 삼키셨다 부처님을 부르다가
하느님을 불러야 하는 혼란이 생겨났다
잇몸은 곳곳에서 단련되어 갔다 그러나
견고해진 잇몸으로 깨물 수 없었던
이 세상에서 가장 단단한 것은
긴 담뱃대를 탕탕 두드리고 돌아앉는 할아버지였다
어흠 한마디로 할머니의 잇몸은 순식간에 무너져 내렸다
눈물이 그렁그렁해진 할머니는 저녁이 되면
벌게진 잇몸 사이에서
작은 부스러기가 된 할아버지를 뱉어 냈다
잇몸은 일 년 내내 쉬지 않는 방앗간이 되었다
잇몸이 문을 굳게 닫으며 할머니가 돌아가셨다

부처님과 하느님을 주는 대로 받아 드신 것이 탈이 났다
장례식을 어느 쪽에서 하느냐로 가족 간에 싸움이 벌어졌다
긴 숙고 끝에 두 군데 다 얹혀 보기로 하였다
두 개의 저승길도 잇몸으로 오물오물 모두 삼키셨다

고생대의 무덤처럼

보청기를 빼고
자리에 눕는다

아버지가 누운 자리
블랙홀이 되어 간다

노년을 함께하던 머리맡의 물컵과
메모지와 앉은뱅이책상들
몽땅 사라지고 말았다

아버지,
하고 불러도
대답이 없다 이젠
곡소리를 내어 소리친다 해도
대답하지 못할 것이다

영영 돌아오지 못할 것이다
돌아온다 해도 그곳의 일 분이란 시간은
이곳의 수십 년과 맞먹어
늙어 버린 나를 알아보지 못할 것이다

아주 먼 기억 속에 슬피 우는
막내딸의 울음소리 하나가 떠올라
노쇠한 몸을 일으키려고
작디작은 보청기를 집어 귀에 꽂고 돌아 나온다면
좁은 방 안에는 우주의 자갈 소리들이
한꺼번에 쏟아져 내려
나의 두 눈과 귀가 멀게 될 것이다

꿈꾸는 날

소꿉놀이하던 고향집이
느닷없이 좁은 거실과 겹쳐져서
돌아보고 있다
해가 뜬 거실 마당과 우뚝 솟은 감나무
신이 나서 올라갔다 내려와
어디를 갈까 망설인다
시간의 늪으로 변해 가는 볼펜과 책과 메모장
덩치가 커지거나 줄어드는 우물과 텃밭
소파와 담장이 교차되는 사이
집은 중심을 잡기 위해 부르르 떤다
즐거움에 빠져 싱싱한 팔뚝을 늘어뜨려
열 배는 커진 집을 안아 보려 한다
가슴안으로 꽃이 벙그는 소리
강아지 짖어 대는 소리 아이들끼리 부르는 소리
해영아 동욱아 어깨를 부딪히며 모여드는 사람들
그중 누군가 큰소리로 부르는 사람이 있어
나는 그쪽으로 열리고 있다

바람의 안부

태풍이 몰아치는 날
산발한 언니가 치맛자락을 펄럭이며
플라타너스 꼭대기에서 춤추고 있다
니 형부가 죽고 말았구나
막춤을 추어 댄다 어쩌나
나도 원 없이 놀아 볼란다
아버지는 골프 공을 맞추려고
어둠 속에서 눈을 부릅뜨고 있다
눈을 감으며 외면하듯 돌아서니
신경통이 도진 어머니가 어깨를 잘라
바닥에 내동댕이치고 시원하다 시원하다
버드나무가 되어 몸을 흔든다
팔 하나가 없는데도 동백섬에 가야겠단다
모자란 팔이 어머니를 흔들어 댄다
지름길을 찾아 서둘러 돌아 나오는 길
안경을 거꾸로 쓴 큰오빠가
여기가 군산 가는 길입니까 하고 묻는다
나 원 참, 죽고 나서도 길을 묻다니

기울어진 그릇

—

바람 부는 강변에 앉아
출렁이는 물살을 만진다
한 움큼을 들어내어도
거대한 강물은 소리 없이 흘러가고 있다
말수 없는 아버지가 딸에게 전화하는 마음
무거워지는 마음이 절로 귀 기울이게 하는 마음처럼
온몸을 기울여 바다로 흘려보낸다
다시금 처음 자리로 차오르며 기울어져 가는 아버지의 그릇
아버지 가슴인 양 오래 들여다본다
큰물에 큰자식 떠나보내고
홍수에 아내마저 보내고
폭우가 빗발치던 날이면 벌떡벌떡 일어나
눈치채지 못하게 몸을 낮추어 가는,
열두 번도 더 일어났을 작은 풍랑들 달래며
아픈 자식 쪽으로 무릎을 굽히며
기울어 가는 아버지의 그릇

—

딸과 이별하기

아이와 그림책을 읽다
아이가 새에게 말을 거는 동안
구름이 되어 간다
집과 골목에서 멀어져
깊은 산중으로 떠간다
짐승의 울부짖음 커지는 숲속
딸의 목소리가 새어 나오는 것 같아
소리 쪽으로 기울이다 낭떠러지로 주르륵
미끄러져 넝쿨을 붙잡고 외친다
날 좀 살려 주세요 살려 주세요
목소리가 온 산을 흔들고 집 안을 울리고
딸은 새들과 이야기를 나누다 깜짝 놀라
노랗게 질린 나와 마주친다
기린 숲에서 길을 잃고 돌아온 날보다
멀리 갔다 온다

무기 개발

저승사자와 싸우고 있는 아버지는
재떨이를 던져 유리창을 깬다
저승사자를 향해 던진 무선전화기는
무른 허공의 시간을 지나 장롱 문을 맞춘다
옥수숫대마냥 말라 가는 아버지
장렬히 싸워 이긴 날이면 싸움터가 자신의 방이었음을
황망히 돌아보고는 앉는다 그러고는
주섬주섬 날카로운 물건들을 숨긴다
볼펜과 낡은 책 빛바랜 과월호
아버지를 닮아 볼품없이 작아지는 것들
저승사자는 다행히 굴러다니는 볼펜과 광고지를 맞고서
꼬리 내린 짐승처럼 사라져 준다
저승사자가 져 주는 것이다
아버지를 강력한 사람으로 만들어 주었다
물컵이 쇠처럼 강해져서
문창살을 부러뜨리는 날이 오고야 말았다
은팔찌 하나를 사야겠다 하신다
반짝, 하면 저승사자가 도망친다고 했단다
신무기 파는 곳에서 얼쩡거린다
반짝반짝하는 은팔찌들을 문질러 보며

강력한 레이저 총이 될 수 있을지

성능을 의심하는 중이다

남해를 지나며

해안선을 따라가다 네비가 고장을 일으켜
지도책을 편다
희미한 차 불빛 속에서
화분을 털썩 엎어 놓은 것처럼 뒤죽박죽인 우리나라
보드랍고 질긴 핏줄들이 뒤엉켜 꿈틀거린다
진도 완도를 지났으니 땅끝이 여기 어디쯤일 텐데
어둠 속에 묻힌 뿌리 하나 털어 본다
더부살이처럼 붙어 있는 산자락
늙어 가는 소나무 등 같은 강줄기
꺾이고 휘고 구부러진 채 길게 늘어나 있다
사랑하는 사람의 뿌리도 행여 있을까
전라도쯤에 손가락을 대 보았다
전깃불이 들어오지 않는 외갓집
감 따러 달려가던 밭둑길
짧은 생을 마친 오빠가 툴툴툴 학교로 출근하던 길
먼 거리로만 느껴졌던 길들이
한 뿌리 안에 오롯이 자라나고 있었다
쿵쿵쿵 멈추지 않는 심장 소리
행여 잘못 들추었던 건 아닐까
잘라 버린 것은 아니었을까

다독이며 묻어 주는 중에도

도란도란 이야기 나누는 소리

쉼 없이 들려온다

빈 자루

형부 제상의 향불이 타들어 가는 동안
언니 화장대 유리 밑 사진 속에 살아 있는 형부는
감나무 가지에 올라가 감을 딴다
힘없던 어깨가 불끈 솟아올라
빨갛게 익은 감나무 가지를 휘어잡고
자루 가득 따고 또 따서
십 년 전 형부의 등 뒤로 가득하다
한입 베어 물면 떫은맛이 입안 가득 차는
사진 속의 감나무밭엔 언니가 없다
제사를 지내는 언니의 가슴은 텅 비어 있다
생전에 빈 자루였던 형부는 자꾸만 감을 딴다
성당에 가고 없는 빈집에서건
친정집 기다란 길모퉁이에서건 어울리지 못하고
언니가 허리에 차고 다니던 형부
마지막에 가서야 온몸을 걷어붙이고
자루가 불룩해질 때까지 언니에게 줄 감을 딴다
형부보다 똑똑한 언니에게 줄 감이 가득 차오르면
언니는 그것을 받아 들지 않는다
향내가 온 방 안에 가득 차오르지만
여전히 구석진 자리에서

돈 대신 떫은 감 자루를 내밀고 있다
살아생전 못다 벌어 준 돈 대신
막몸을 매달고 있다

문자의 얼굴들

    주말 즈음해서 한번 내려갈게요
문자만 먼저 내려갔다
천장이 바닥에 닿을 듯 침침해진 방 안에
문자가 앉아 있을 것이다

아버지는 안경을 고쳐 쓰고
문자가 된 나의 눈을 만지며 입을 만지며
휴대전화 속 나를 쓰다듬을 것이다

눈이 참 많이 오는구나
한참 만에야 올라오는 문자 속
아버지의 바싹 마른 목소리
검버섯 핀 팔과 다리
삭은 어깨를 만지는 중이다
똑 똑 똑
처마 밑으로 떨어지는 물받이 소리
구두에 달라붙은 마른 흙 굴러다니는 강아지 똥
접시 위 마른반찬들까지 한꺼번에 따라 올라와
이사 갈 때 버려야 할 짐처럼 쌓여 간다

어제가 일직선상에 서다

이른 외출을 위해 밖으로 나서자
어제 커피숍에서 헤어졌던 미란이가 맨 앞에 선다
욕 잘하는 둘째 언니가 옆으로 비켜선다
이혼장을 든 친구가 모두를 밀쳐 내고 앞자리로 나선다
버스가 도착하자 뿔뿔이 흩어져 간다

2차선 도로에서 버스가 밀리고 있다
친구에게 늦는다고 전화를 건다
통화 중 통화 중 통화 중

달리는 버스 곁으로
걸음이 늦은 남자가 20년째 다가오고 있다
돈을 빨리 보내 달라고 소리친다
자동차 소리와 뒤섞여 알아들을 수 없다

입이 커졌다 작아지는 사람들
걸음이 빨라졌다 느려지는 사람들
나와 더 가까워지기 위해서
스무 개의 얼굴들이 수십 년째 따라오고 있다

털 장화

눈 속에 파묻혀 뛰어놀다

집 안까지 신고 들어온 털 장화

거실에서 TV를 보고 있던 남자는 깜짝 놀라

밥 안 차리고 어디 갔다 오느냐 소리치며

리모컨을 돌려 댄다

내 신발을 보지 못했나 보다

털 장화를 신고 서둘러 쌀을 안치고 찌개를 끓이는 동안

딸이 방에서 나와 나에게로 다가온다

어 시원하다 물을 마시고는 곧장 방으로 들어가 버린다

내 털 장화를 아직 못 본 모양이다

반찬을 만들고 야채를 다듬는 순간

털 장화는 갑자기 뛰기 시작한다

거실로 침실로 소파로

벽에서 천장으로 기어 올라갔다 내려왔다

겨울 거실에 쌓인 눈들을 온통 흐트러뜨려 놓는다

식구들은 조용히 밥을 먹으며

밥 좀 더 달라고 소리친다

더위에 지친 식구들은 국물에 밥을 먹으며

맛있다 맛있다 여름을 마구 씹어 먹는다

한 짝

이사를 마치고
할아버지가 신던 나막신 한 짝을
리모델링한 선반에 꺼내 놓으니
다급히 신발을 찾으러 오신다
바람이 몹시 부는 저녁
쿵쾅쿵쾅 집이 모두 똑같아
이 집 저 집 문을 두드린다
비싼 귀걸이 한 짝을 잃어버린 날
집 앞 골목을 온통 헤집고 다니던 날처럼
할아버지도 난처해 있을 것이다
한쪽 신발에는 무얼 신고 계실까
잃어버린 시간을 위해서라면 부지런히 걸어오시나
절둑절둑 사방으로 흩어지는 발걸음들
바람 소리와 뒤섞이며 가까워진다
떨리는 마음 문을 연다 해도
어느 쪽 발을 움직여야 하나
어느 쪽 발을 먼저 안아야 하나
만나고 싶은 간절한 마음 열고
끝없이 달려가야 하는 밤

달빛 그리고 화병

불을 끄고 앉으니
떠나간 사람들이 몰려온다
마루가 왜 이리 좁아졌니
부엌은 안 치우고 엉망이니
소파를 흔들며 탁자를 덜컹거리며
꽃무늬 벽지를 타고 기어올라 다닌다
거실에서 밀려난 사람들은
먼지 낀 전등 위에 매달려
자기 집 안방처럼 내려다본다
열린 냄비에서도 흔들리는 의자 위에서도
화병의 좁은 구멍에서도 빈틈없이 차오르면
소리라도 질러야 할 찰나,
방 하나를 차지했다고 좋아하는
변기에 앉은 할아버지와
신식 부엌이 참 좋구나 싱크대를 여는 할머니
보리밥을 먹고 있던 소꿉친구가 웃고 있다
고무줄놀이를 하며 만세를 부르던
미희 송이가 가까이 뛰어오면서 숨이 차다

제4부

나를 앞서가는 그림자

부음을 받고
나를 앞서가는 그림자
가벼운 봉투 한 장 옆에 끼고
건널목을 마주치면 비틀
경적 소리 피하려고 비틀
죽음을 따라가네
죽은 이의 남편이 안되었다 싶으면
아내가 안되었고
아내가 안되었다 싶으면
남은 아이들이 안쓰러워
곤궁해져 가는 마음
종종종 발 딛는 자리마다
쉼 없이 따라붙는 달빛
네 몸의 끝을 보라고
끝없이 가르쳐 주네

털 스웨터

버리려다 입어 본 스웨터의 주머니가
한 주먹 동전이 든 것처럼 축 처져 있다
땀을 쥐고 걸었던 골목이 남아 있어서다
손을 밀어 넣자 온기만큼 차오르는 골목
골라 보시죠 호객하던 눈동자가 불쑥
부풀어 오른 빵 가게를 흔들어 보인다
찐빵 하나를 먹어 볼까 팡 수증기 마술에 홀려
오물오물 깨물어 먹자 진짜처럼 헛배가 불러 오고
마술사의 옷차림이 금세 초라해지기 시작한다
때 절은 커튼 뒤로 짝이 맞지 않는 문짝 뒤로
쭈글쭈글 사라져 가는 마술사의 사내들
플라스틱 저금통과 양말 몇 개 머리핀
부상처럼 들고 오는 비닐 봉다리들
십 원짜리 오십 원짜리로 변해 있는 내 몸이
주머니 속에서 짤랑거린다

십자수

감기에 걸리고 나니
몸 안의 조용함으로
편안했다는 걸 깨닫는다
뼈마디마다 솟구치고 있는 통증들

옆자리에 앉은 앳된 여자
정성스럽게 십자수를 놓고 있다
작은 손동작으로 수만 번의 성호를 긋고 있지만
십자가는 보이지 않고 꽃이거나 나무이거나
그녀가 그리는 봄 동산으로 살아난다
십자가의 몸속도 하나가 아님을 안다

살을 찌르고 있는 수틀의 뒷면
피의 심장을 안고 피어나는 만 개의 꽃들
지하철에서 또 다른 지하철로 이어 가며
살아 내야 하는 나의 시끄러운 뼈들
정거장의 문이 열릴 때마다
여러 날이었던 하루가 우뚝 선다
밑그림 속에 머물다 꽃으로 가기 위한
격렬한 춤을 추고 있다

한 페이지

책을 보다 눈을 감았을 때
눈 속으로 들어간 아Q가 움직이기 시작한다
텅 빈 공간으로 발자국이 패인다
길이 없다는 걸 알자
이리저리 눈치를 보고 있다

한강을 건너가는 전동차 소리가 요란하다
눈을 뜨고 창밖을 보자 순간 아Q가 한강으로 뛰어들었다
아Q! 하고 소리쳐 불렀을 때
지까짓 것들 하고 떨어져 버린다

한강의 차가운 물살 속을 허우적거리다
변발을 머리 위로 제끼며 어푸어푸 다시
까만 점으로 나타났다 사라졌다 요동친다

전동차가 급하게 굴속으로 가
덮었던 책을 다시 폈다
한강으로 떨어졌던 아Q가 돌아오지 않았다
눈을 감고 한 페이지를 뒤로 넘기자
둔치에 기어올라 몸을 말리던 아Q는

지친 몸으로 나를 바라보고 있다

해진 옷을 툭툭 털며
웨이짱 골목으로 걸어간다
형장으로 가는 물 발자국들이
활자들 사이로 길게 늘어나 있다

슬픈 주먹

스포츠머리를 한 사내
우장산역이 가까워지자
깊은 잠에 빠져들었다
연신 고개를 주억거린다
한주먹 쓰고 온 사람처럼
주먹을 불끈 쥐고 있다
주먹 세상들이
눈썹 위까지 와 씰룩거린다
오른팔을 휘두르려다 갑자기 공손해진다
방화역이 가까워지면서 거친 싸움이 시작되고 있다
왼쪽 다리를 급히 당겨 가는 걸 보면
그쪽도 만만치 않은 세상 사내의 이마에서
땀방울이 솟구치기 시작한다 불쑥,
꿈 밖으로 튀어나온 주먹
훔쳐보던 내 머리를 때리자
유리창 밖으로 튕겨 나간다

표정을 잘 좀 입력해 주세요

치킨을 먹고 있던 친구가
전생에 스님이었다고 말한다
건조한 눈을 깜빡거리며
목탁을 두드리는 일이
지루해서 와 버린 얼굴이다

놀란 현생의 치킨집에서
그녀의 전생을 만져 보기 위해
얼굴 가까이 들이민다
고된 시집살이로 늘어나고 있는
볼 아래 자잘한 기미들과
눈가에 집처럼 자리 잡은 잔주름
이승으로 건너온 뒤 훨씬
작아져 버린 입

아무리 들여다보아도 확신할 수 없어
친구들에게 하던 것처럼
냅킨을 건네주고
치킨값을 계산할지 고민해 본다

커다란 짐승

나는 보고 있다
소리를 먹느라 헐떡이는 짐승의 거친 등
타일 위를 구르는 바퀴 소리와 구두 소리
TV 속을 할퀴며 지나가는 자동차 소리
커다란 입을 벌렸다 오므렸다
삼키고 있다

전화를 걸고 있는 사람 등 뒤에서
국물을 떠먹고 있는 사내 뒤에서
쉬지 않고 쏟아지는 소리를 먹으며
가쁜 숨을 몰아쉬고 있다

먹는 입을 멈출 수 없어
자라고만 있는 그를
출렁이며 커지는 등뼈를
터미널의 천장은 둥그렇게 감싸안고 있다

숟가락 떨어지는 소리가 날카롭다
고개를 돌려 몸을 비트는 사이
씹고 있던 소리가 흘러내려 사라진다

잠시 배가 홀쭉해진 커다란 짐승
황급히 햄버거집으로 달려가 잘근잘근
허기진 배를 채우고 있다

약화(略畫)

　一　　성질이 사납고
　　　　목소리가 큰 구두쇠 사내를
　　　　몇 개의 선으로 그려 놓았다
　　　　점으로 된 입이 웃는다
　　　　점이 말을 하려고 한다
　　　　혀를 삐죽 내밀어 약을 올리면
　　　　버럭 소리를 지르려다가도 오목하게 웃고 있다
　　　　저런 사내는 오백 명 있다 해도
　　　　아무도 없는 것이다

　　　　점으로 모아지는 바람이 거세진다
　　　　손가락을 내밀기 위해 무수히 꼼지락거린다
　　　　완강했던 계산법들을 툭 찢어 말하고 싶은지
　　　　친구들과 놀다 늦게 돌아온 날이면
　　　　가느다란 다리를 마구 비틀어 댄다

　　　　양손에 한가득 옷을 사 들고 온 날
　　　　잊어버린 사내를 돌아본다
　　　　조명등에 온몸이 붉어져 있다 그를 위해
　一　　발밑에 긴 줄 하나를 그어 주었다

종일 어딘가를 가고 있다
내게 오는 길이 보이는 듯 서두른다
한밤중에도 땀을 뻘뻘 흘리며
외줄타기를 하고 있다

외치는 사람

과천미술관 입구에 세워진
<외치는 사람>
그의 몸속에 녹음된 음성은 종일
앞산에 흩뿌려진다

우리 동네 어두운 골목길
누군가 술 취한 목소리로 이름을 부르고 있다
닫힌 창문 틈에 형민이 되었다가
영민이 되었다가 철민인가 싶으면
차 소리와 뒤섞여 연민으로 들린다
화를 내다가도 애절한 목소리로 변해 간다

이름 부르는 소리 쉬지 않고 들려오고 있다
아내이거나 아내가 데리고 간 아이
술에 취해 까맣게 잊어버린 웃음 뛰어나올까
그래서 간절한 주문으로 온밤을 흔들어 보는 것인가

목소리는 새벽 세 시를 넘기고도 멈추지 않는다
끝내 자기 자신으로 향하는 외침
내장된 그리움이 다 끝날 때까지

간절한 이름들은 골목에 수북이 쌓여 간다

야크를 몰던 사람

엉덩이를 때리던 목청 소리 잠잠해지면
몇 발짝 내디뎌 골목길을 걸어 나가 보고
채찍을 휘두르던 손길 잠에 빠져 있으면
언덕길을 지나 돌산을 만지고 돌아오고

오늘같이 투명한 날엔
햄버거 뜯기 좋은 날
유리창 앞에 앉아 햄버거를
잘근잘근 씹고 있으면
잠에서 깬 사람은 일어나 나를 부르고
그 목소리 내 목에 달린 종소리인 듯
멈추질 않고

갈증이 심해져 가는 오후
소금 주머니를 지고 협곡을 넘던 날처럼
벽에 몸을 바싹 붙이고 걸으면
침 흘리는 내 안의 소리 울려 퍼지고
허겁지겁 자리를 박차고 도망치는 길

숨소리 휘파람 소리 점점 커져

귓바퀴에 다가와 맴도는 저녁
떨구어지는 졸음을 참아 내기 어려워
집으로 돌아가는 길
채찍 소리인 듯 바람 소리 지나가고
발굽 소리 구두 소리 뒤섞이고

선유도에서

저녁 무렵이 되면 지는 석양을 보며
눈물을 흘리고 있는 나는
전생에 커다란 한 마리 짐승이었을 터
작은 짐승들에게는 차마 들킬 수 없어
어둑해져 가는 시간을 택해
눈물을 삼키고 있는

전생의 나를 흘려보내고
둔중한 저녁 강에 선 두 다리를
조금씩 강 밖으로 끌어당겨 본다
강물은 흘러가지 않았고 끝없이 흘러온 건 나
지평선이 뜨겁던 날을 기억해 내
크르렁크르렁 소리를 질러 보지만
작은 몸의 소리로는
강 밖을 벗어나지 못한다

어미가 되어 버린 마음들뿐
젖은 땅에 배를 대고 새끼를 몰고 가는 작은 벌레들
알 수 없는 생이 오고 갔을 자리마다
새롭게 뒤섞이는 소리들

내 울음소리와 싸우며
강물 속으로 딸려 들어간다

벽돌꽃

눈으로 보이지 않는
작디작은 꽃술을 들여다보는 루페로
굴러다니는 벽돌 한 개를 들여다본다
벽돌 속 모래들이 흔들거린다
내가 찾아낸 꽃술이다
오래 피어서 움직임이 없는 꽃
누구라도 꽃의 시간을 부여하지 않는 꽃
백 년이었을까 이백 년이었을까
바람 속을 조금씩 걸어 들어가
열매를 떨어뜨린 후 다시 피기 시작한 꽃
그래서 내가 보는 꽃이
지는 꽃을 바라보고 있는 것인지
피는 꽃을 바라보고 있는 것인지
깨닫지 못하겠는
땅의 빗물 받아먹으며 이슬을 삼키며
긴 세월 버티고 있는 작디작은 숨소리
그 위로 루페가 지나가는 것이다
살아서 극락에 오르내리는
잠자리와 나비가 가볍게 내려앉고 있는
인간이 짓이기는 구둣발 속에서도

죽지 않고 살아나는

박자를 가지고 온 사람

전생에 박자를 다
내려놓지 못하고 온 사람을
알고 있다 미세하게
박자에 시달리며
달달달 다리를 떤다
에이 시발 어느 날엔
전생의 방언까지 따라 나온다
후회를 하는 듯 돌아서 달달달
바닥과 시비를 붙어 본다

박자가 깊은 잠에 빠져 있을 때면
그가 보이지 않는다
돈을 벌어야 하는 구간
승진을 해야 하는 구간
놓친 박자들이 머리맡에 산적해 있는 듯
방 안에서 꿈과 시비를 붙는다

바쁜 듯이 달려가는 그의 발소리를
어느 날엔가 듣게 되었다면
막 잠에서 깬 박자가 그를 불러낸 것이다

새로 쓴 입사 서류를 들고
빙글빙글 도는 회전문 앞에 다다라
휘몰아쳐 오는 음의 파편들 속
가파르고 빠르게 사라져 가는
하나 남은 자리를 향해
좁은 발로 잽싸게 올라타 보려는 것이다

얼굴 부처

부스스한 머리를 대충
핀으로 걷어붙이고
외투를 걸치고 거리로 나선다
화장기 없는 얼굴이 외투 속에서 줄어든다
건널목을 건너는 동안 줄어들고 있던 머리통이
길을 건넜을 때 사라지고 말았다
바람이 내 머리 위를 씽씽 지나간다

옷매무시를 더듬거리면서 올라가
내 몸을 만져 본다
사람들이 힐끗힐끗
머리 없이 움직이는 나를 바라본다

골목길에 다다랐을 때
사라진 머리의 무게를 기억해 본다
중심을 잡기 위해 과장되게 움직여
똑바로 서 본다
휘젓고 있던 손은
경전의 한 페이지를 찾으려는 듯
계속 헛손질 중이다

화성에서 사는 여자

나의 심장은

오르락내리락하는 모래 먼지 속에서

걷고 있다 아직도

살아서 죽을 유언장을 보낸다

삐꾸빠띠누까따 끼바티뵤미니꾸리

읽어 줄 종족들에게

심장박동 소리를 보낸다

모래언덕과 말라 버린 냉혈 자국

금이 가고 멍이 든 발자국들

떠나올 때 내 키는 159센티

지금은 조금씩 줄어들고 있다

나의 병명은 늘 소생이라는 판정을 받는다

조금씩 죽음을 향해서 살아난다

죽은 심장은 밖에 놓여 있다

팔이 하나 다리 하나가

모래언덕 위로 분리되어 죽게 될 것이다

그러나 해가 뜨는 한 죽지 못한다

해동되는 고기처럼 해동되는 눈을 뜨고

조금씩 조금씩

쏟아지는 언덕길을 올라간다

상실을 견디는 시인의 운명

이경수(문학평론가)

1.

"살아서 죽을 유언장을" 쓰며 "모래 먼지 속"을 내내 걷는 여자(『화성에서 사는 여자』). 늘 죽음을 생각하면서도 끙끙 앓으며 기어이 살아 내고 마는 여자. 금성에서 왔지만 화성에서 살아가는 외계인 같은 여자. 그럼에도 화성에 적응하며 마침내 살아 내는 여자. 류현주의 시적 주체는 어울리지 않는 곳에서 소외된 채 살아가는 시인의 아픈 운명을 환기한다.

무엇이 그녀를 그토록 아프게 하고 외롭게 하는 것일까? 죽음이라는 사건이 깊이 드리워진 가족사, 벗어나고 싶지만 벗어나지 못한 채 살아가는 가부장제라는 족쇄, 이 땅에서 여성으로 태어나 살아가야 하는 운명의 고단함에서 우선 그 원인을 찾을 수 있다.

자연과 멀어진 도시 문명의 삶의 생태 또한 그녀가 체감하는 고독과 상처의 원천을 이룬다. 자연과 가까이하며 더불어 살아가고 싶었지만 자연으로부터 분리되어 뿌리 뽑힌 부박한 삶은 그녀에게 깊은 고독과 허무를 남겨 주었다. 류현주의 시는 뿌리 뽑힌 자의 몸부림이자 절규이다. 뿌리 뽑혔지만 죽을 수도 없는 처지에서 기어코 살아 내야 하는 시적 주체의 고군분투가 류현주 시의 원동력이 된다.

2.

류현주의 시가 고단한 일상에 매몰되어 존재감이 희미해진 존재들에게 관심을 기울이는 까닭도 시인 자신이 그런 삶을 살아왔고 여전히 그 속에서 견디고 있기 때문이다. 류현주의 시에는 갇힌 존재들이 자주 출현한다. 바깥으로 나가고 싶어 하는 충동이 그녀의 시에는 늘 내재해 있다. 경계를 뛰어넘고 싶어 하는 정동과 상상력이 류현주 시를 지배하고 있다고 해도 과언이 아니다.

눈에는 보이지 않는

벼랑을 끼고 앉아, 그녀는

깊은 잠에 빠져들 수가 없다

팔 하나가 벼랑 쪽으로 기울어

수시로 무릎 위로 끌어당긴다

불어오는 바람이

그녀의 치맛자락을 흔들고 있다

세상을 가장 멀리 가 본 닳아빠진 구두가

지그시 입구를 누르고 있다

덜컹덜컹 정거장마다 커지는 입이

그녀를 향해 덤벼든다

잠 속으로 빨려 들어가려는 가방을

손잡이마냥 재빨리 붙잡는다

바람의 잦은 출몰로 지쳐 가던 그녀

덜컹, 하는 소리에 놀라

그녀의 자리를 찾아 돌아 나오고 있을 때

그녀는 여전히 어둠 속에 앉아 있고

그녀를 삼키려는 바람은 가까이에 있다

내려야 할 정거장의 문이 열리자

그곳이 유일한 출구인 듯

낡은 구두가 먼저 내려선다

―「벼랑을 끼고」 전문

　시의 화자는 버스 안에서 만난 '그녀'를 관찰하는 위치에 있다. 버스 안에서 설핏 잠이 들었지만 "깊은 잠에"는 빠져들지 못하고 "잠 속으로 빨려 들어가려는 가방을/손잡이마냥 재빨리 붙잡"으며 까무룩 졸고 있는 '그녀'를 화자는 바라보고 있다. '그녀'가 깊이 잠들 수 없는 이유를 "눈에는 보이지 않는/벼랑을 끼고 앉아" 있기 때문이라고 화자는 짐작한다. "팔 하나가 벼랑 쪽으로 기울어/수시로 무릎 위로 끌어당"기는 모습이나 버스 문이 열릴 때마다 "불어오는 바람이/그녀의 치맛자락을 흔"드는 모습, "덜컹, 하는 소리에 놀라" 선잠에서 깨어 "그녀의 자리를 찾아 돌아 나오"는 모습은 버스 안에서 가방을 부둥켜안고 위태롭게 졸고 있는 '그녀'의 모습을 가리키면서 동시에 위태로운 '그녀'의 삶을 환유한다.

　버스 안과 같은 일상의 풍경 속에서 흔히 마주치는, 고단한 삶을 살아가며 고군분투하는 존재들을 류현주의 시는 연민의 시선으로 바라본다. 지친 '그녀'의 삶을 시의 화자는 버스 안에서도 마음 편히 잠들지 못하고 문이 열릴 때마다 불어오는 바람에 삼켜질 듯한 위태로운 모습으로 형상화한다. 정거장마다 버스가 서며 덜컹대는 모습과 문이 열릴 때마다 바람이 불어와 '그녀'의 아슬아슬한 잠을 깨우는 모습은 매우 사실적으로 그려진다. 깊은 잠에 빠져들지 못하고 "덜컹, 하는 소리에 놀라" 돌아 나올 때 "그녀는 여전히 어둠 속에 앉아 있고/그녀를 삼키려는 바람은 가까이에 있다". '그녀'를 위협하는 바람은 '그녀'의 일상 곳곳에 잠복해 있다. 정신 없이 졸다가도 "내려야 할 정거장의 문이 열리자/그곳이 유일한 출구인 듯/낡은 구두가 먼저 내려"서는 모습은 대중교통을 자주 이용하는 사람들에게는 매우 익숙한 풍경일 것이다. 반사적으로 몸이 먼저 기억하며 내릴 곳을 찾아 하차하는 '그녀'의 모습에서 화자 또한 자신의 위태로운 모습을 발견한 것일지도 모르겠다. "벼랑을 끼고" 위태롭게 비몽사몽을 오가면서 오늘 하루도 아슬아슬하게 살아가고 있는 우리의 초상을 류현주의 시에서 종종 만날 수 있다.

　"탈춤을 추면서 대학 시절을 충만하게 보냈던/그녀"가 "십 년" 세월이 흐른 뒤 "변두리 초라한 레스토랑에 쭈그리고 앉"아 "커피를 마시"고 "접시에 놓인 고기를 자르"며 대학 동창과 회포를 풀다가 "육백만 원을 어떻게 변통할 수 없을까" 어렵게 묻는 장면을 그린 「달팽이」에서 화자가 '그녀'에게 느끼는 연민도 다르지 않다. "사람들은 그녀가 문을 닫았다고" 쉽게 "말했지만/그녀의 문을 본 사람은 없다"고 화자는 말한다. 오랜만에 만난 동창에게 돈 이야기를 꺼낼 수밖에 없는 구차스럽고 비참한 처지에 '그녀'는 놓여 있다. "휘청이던 등짐"을 들켰을 뿐 소득은 얻지 못했을 '그녀'의 초라한 마음과 처지를 화자는 '달팽이'에 비유한다.

"새로 짓는 아파트를 돌며 수도관을 설치하"는 일을 하다가 "심장마비로 급사하고 나서 계단을 몇 바퀴 더 구른 허 씨"의 몸에서 발견된 "두 장의 명함"을 통해 '허 씨'의 고단하고 남루한 삶을 들여다보는 「두 개의 명함」도 어디서든 흔히 마주칠 수 있는 우리네 평범한 사람들의 삶과 죽음을 대변하는 시이다. 우리의 일상이 대체로 그렇듯 '허 씨'에게도 두 개의 명함과 두 개의 삶이 있었다고 류현주의 시는 말한다. "먼지와 석면 냄새를 뚫고 반짝이는 은빛 관을 꽂는 기름때 절은 이름과, 일을 마치고 깨끗한 옷으로 갈아입고 돌아가는 가벼운 걸음의 또 다른 이름." 대개 우리 사회는 전자의 모습만을 보려고 하지만 누구에게나 직장 밖에서의 또 다른 일상과 사연이 있다. "한국건설, 시설제3과장, 팩스번호, 전화번호"가 새겨져 있는 평범한 명함 뒤에는 "조실부모, 중학교 중퇴, 월세 전전"이라는 눈물겨운 사연이 펼쳐져 있다. 사연 없는 사람이 없지만 명함에 새겨지는 것은 몇 줄 안 되는 직장과 직책 정도일 뿐 정작 그 사람에 대해 알 수 있는 정보는 가려져 있다. 류현주의 시는 바로 그 숨겨진

이면의 사연을 궁금해하고 읽어 내고자 한다.

　　부스스한 머리를 대충

　　핀으로 걷어붙이고

　　외투를 걸치고 거리로 나선다

　　화장기 없는 얼굴이 외투 속에서 줄어든다

　　건널목을 건너는 동안 줄어들고 있던 머리통이

　　길을 건넜을 때 사라지고 말았다

　　바람이 내 머리 위를 씽씽 지나간다

　　옷매무시를 더듬거리면서 올라가

　　내 몸을 만져 본다

　　사람들이 힐끗힐끗

　　머리 없이 움직이는 나를 바라본다

　　골목길에 다다랐을 때

　　사라진 머리의 무게를 기억해 본다

　　중심을 잡기 위해 과장되게 움직여

　　똑바로 서 본다

　　휘젓고 있던 손은

　　경전의 한 페이지를 찾으려는 듯

　　계속 헛손질 중이다

―「얼굴 부처」 전문

　류현주의 이번 시집에 자기 안의 부처와 마주하고 어떤 깨
달음에 이르는 시가 종종 눈에 띄는 것은 고해와도 같은 삶
의 갈피에 시인의 눈길이 머물러 있기 때문일지도 모르겠
다. 모든 중생이 부처라고 했듯이 평범한 중생의 삶에서 류
현주의 시적 주체는 부처를 발견하고자 한다. 이번 시집 곳
곳에 아로새겨진 불교적 상상력은 류현주 시가 다다른 또
하나의 경지라고 할 수 있다. "폐업한 식당 안에" "갇혀 있"
는 "나무조각상 부처"에 화자의 눈길이 머무르는 까닭은 그
안에서 자신을 발견했기 때문이겠다. "밖으로 나가는 일은/
어느 생에서나 쉽지 않"아 문을 열고 나가지 못하고 익숙한
자리에 머물고 싶어 하는 것도, "찾는 것은 언제나 밖에 있
는 것만 같아/삐이걱 문 열어 보는 곳에서" 자신의 "눈동자
와 마주"치게 되는 것도 평범하고 흔한 우리의 모습이다.(「낡
은 신발을 끌고 간다」) 자기 안의 욕망과 솔직히 마주하는 모습 또
한 류현주의 시가 발견한 부처의 형상이라고 할 수 있다.

　인용한 시는 타자를 의식하고 자신을 성찰하며 살아온 시
의 주체가 어떻게 자기 안에서 부처를 발견하고 추구해 왔
는지 짐작게 한다. "부스스한 머리를 대충/핀으로 걷어붙이
고/외투를 걸치고 거리로 나선" "화장기 없는 얼굴"은 시의
주체를 연상시킨다. "화장기 없는 얼굴이 외투 속에서 줄어
든" 까닭은 남의 시선을 의식했기 때문일 것이다. 남의 시
선을 의식하며 작아진 화자의 얼굴은 마침내 "사라지고 말
았다". 심리적인 정동에 의한 소멸을 실제의 사라짐으로 인
식하는 화자가 류현주 시에는 자주 등장한다. 얼굴이 사라

진 몸을 만져 보며 부재를 촉각으로 확인하고자 하는 화자의 태도도 인상적이고, "사라진 머리의 무게를 기억해" 보며 사라진 대상을 손을 휘저으며 찾는 모습을 통해서도 사라진 대상이 어떻게 부처가 될 수 있는지 상상하게 한다.

　3.

　하나의 획이 이루는 일직선의 상상력이 눈에 띄는 시들이 류현주의 시에서는 종종 발견된다. 일 획으로 흐르는 듯 보이지만 그 안에 담긴 깊은 시간의 적층을 그녀의 시는 읽어 낼 줄 안다. 이러한 통찰의 시선은 사연 많은 가족사에서 기인하는 것으로 보인다. 가까운 가족의 죽음을 끊임없이 경험해야 했던 지독한 고통의 시간이 그 안에는 배어 있다.

　한 시인이 일곱 권의 시집을 내고 가는 동안
　유명 소설가가 열 권의 베스트셀러를 기록하고 있는 동안
　저 강물은 오직 하나의 글자에만 매달려 있다

　사람의 영혼을 매단 글자들
　수억만 장의 종이 위로 구물구물 살아갈 수는 있지만
　백 년이 다해 한 장의 종이로 바스러지기도 하는 일
　고단한 그들 사이에서도 강물이
　가장 오래 살아남은 것은
　한 획으로 많은 사람들을 먹여 살렸기 때문

쓰고 지운 흔적들은 길게 늘어나 있다

오랜 뒤척임으로

손의 힘이 빠지기도 하여

위로 혹은 아래로 구부러져 있다

긴장된 떨림이 잠시 서린 곳

옹이가 박혔을 자리마다 제 몸을 때리며

세차게 흘러간다

한 획이 깊어지는 일은 고독한 일

안개가 산등성이로 올라가는 정오 무렵이면

발아래 북녘이 내려다보이는 강가로 가

깊어진 한강을 유심히 내려다보는 사람들

강이 쥐고 있는 손을 바라보며

자신도 모르게 힘을 주고 있는 것이다

—「一 획」 전문

성과중심주의가 만연해 있는 세상에서 우리는 살아가고 있다. 몇 권의 시집을 내고 몇 권의 베스트셀러를 냈는지 양적인 성과를 중시하는 세상에서 화자의 눈길을 사로잡는 것은 "저 강물"이 살아가는 방식이다. "저 강물"의 생을 올곧게 "오직 하나의 글자에만 매달려 있"는 생으로 이해하고 있는 것이다. 한 획으로 흐르는 강물에는 "사람의 영혼을 매단 글자들/수억만 장의 종이 위로 구물구물 살아"간 시간이 축적되어 흐르고 있음을 류현주의 시는 포착해 낸다. "고단한 그들 사이에서도 강물이/가장 오래 살아남은 것은/한 획으로 많은 사람들을 먹여 살렸기 때문"이라고 시의 화자는 해석한다.

"한 획이 깊어지는 일"이 "고독한 일"인 까닭은 "깊어진 한강을 유심히 내려다보는 사람들"의 수많은 사연을 오랜 세월 묵묵히 받아 내며 흘러온 시간이 있었기 때문이다. 류현주 시인이 생각하는 시 쓰기도 이와 같은 것이 아닐까 짐작해 본다. "쓰고 지운 흔적들"이 "길게 늘어나 있"고 "오랜 뒤척임으로/손의 힘이 빠지기도 하여/위로 혹은 아래로 구부러져 있"는 모습은 흐르는 강의 모습을 묘사한 것이면서 동시에 오랜 시간 시를 써 온 시인의 시간을 비유한 것으로 읽힌다. "긴장된 떨림이 잠시 서린 곳/옹이가 박혔을 자리마다 제 몸을 때리며/세차게 흘러"가는 강물의 모습은 상처 입고 부딪히며 "제 몸을 때리며" 시를 써 온 시인의 모습과 자연스럽게 겹쳐진다. "깊어진 한강을 유심히 내려다보는 사람들"의 시선과 마음과 삶이 모여 강의 한 획으로 흐르는 글자를 완성하듯 류현주 시인에게 시도 그렇게 써지는 것이겠다. 간결해 보이는 한 획의 흐름에서도 깊고 오랜 시간의 적층을 읽어 낼 줄 아는 시인의 성찰의 시선은 사연 많은 가족사에서 연원한 것으로 짐작된다.

보청기를 빼고
자리에 눕는다

아버지가 누운 자리

블랙홀이 되어 간다

노년을 함께하던 머리맡의 물컵과
메모지와 앉은뱅이책상들
몽땅 사라지고 말았다

아버지,
하고 불러도
대답이 없다 이젠
곡소리를 내어 소리친다 해도
대답하지 못할 것이다

영영 돌아오지 못할 것이다
돌아온다 해도 그곳의 일 분이란 시간은
이곳의 수십 년과 맞먹어
늙어 버린 나를 알아보지 못할 것이다
아주 먼 기억 속에 슬피 우는
막내딸의 울음소리 하나가 떠올라
노쇠한 몸을 일으키려고
작디작은 보청기를 집어 귀에 꽂고 돌아 나온다면
좁은 방 안에는 우주의 자갈 소리들이
한꺼번에 쏟아져 내려
나의 두 눈과 귀가 멀게 될 것이다
─「고생대의 무덤처럼」 전문

류현주의 이번 시집에는 지금은 곁에 없는 노쇠한 아버지, 오래전 세상을 떠난 어머니, 가족과 친지에게 닥친 느닷없는 죽음 등 가족사의 아픈 사연이 자주 모습을 드러낸다. 형부의 죽음과 산발한 언니, 오래전 세상을 뜬 것으로 보이는 큰오빠(「바람의 안부」), 세상을 뜬 후에도 홀로 생일을 맞이하는 딸을 걱정하며 나타나는 어머니(「설탕 어머니」), "주말 즈음해서 한번 내려"가겠다는 딸의 휴대폰 문자를 애지중지 "쓰다듬"으며 노쇠해 간 아버지(「문자의 얼굴들」) 등 가족 구성원을 거쳐 간 삶과 죽음의 풍경이 여러 편의 시에 펼쳐져 있다.

인용한 시는 "보청기를 빼고/자리에 눕"곤 하던 청력을 잃은 말년의 아버지를 기억하는 것으로 시작된다. "보청기를 빼고/자리에" 누우면 "아버지가 누운 자리"는 "블랙홀이 되어간다". "아버지,/하고 불러도/대답이 없"는 아버지의 상태를 시의 화자는 모든 소리와 기억을 빨아들이는 블랙홀에 비유한다. "노년을 함께하던 머리맡의 물컵과/메모지와 앉은뱅이 책상들"이 지금은 "몽땅 사라지고 말았"고 "영영 돌아오지 못할" 곳으로 떠나 버린 아버지는 "이젠/곡소리를 내어 소리친다 해도/대답하지 못할 것이다". 설사 "돌아온다 해도 그곳의 일 분이란 시간은/이곳의 수십 년과 맞먹어/늙어 버린" 자신을 "알아보지 못할 것"이라고 시의 화자는 안타까워한다.

노쇠해 가는 부모를 바라보는 화자의 슬픔은 깊은 공감을 자아낸다. 청력을 잃은 아버지가 보청기를 끼게 되면서부터 아버지의 세계와 화자의 세계는 분리된다. 보청기를 뺀 아버지는 아무리 큰 소리로 말해도 화자의 말을 알아들을 수 없고 서로 소통이 단절된 세계에서 살아갈 수밖에 없다. 보청기가 아버지와 화자의 세계를 잠시 이어 주지만, 보청기를 끼고 있는 동안 아버지는 온갖 "우주의 자갈 소리들이/한꺼번에 쏟아져 내"리는 고통을 감내해야 한다. 어르신들이 보청기를 기피하는 이유이기도 하다. 아마도 시의 화자도 그렇게 아버지와 자신의 세계가 멀어지고 있음을 알아차렸을 것이다. 그것은 삶과 죽음만큼이나 먼 거리이다.

아이와 그림책을 읽다

아이가 새에게 말을 거는 동안

구름이 되어 간다

집과 골목에서 멀어져

깊은 산중으로 떠간다

짐승의 울부짖음 커지는 숲속

딸의 목소리가 새어 나오는 것 같아

소리 쪽으로 기울이다 낭떠러지로 주르륵

미끄러져 넝쿨을 붙잡고 외친다

날 좀 살려 주세요 살려 주세요

목소리가 온 산을 흔들고 집 안을 울리고

딸은 새들과 이야기를 나누다 깜짝 놀라

노랗게 질린 나와 마주친다

기린 숲에서 길을 잃고 돌아온 날보다

멀리 갔다 온다

—「딸과 이별하기」 전문

"아이와 그림책을 읽다"가 "아이가 새에게 말을 거는 동안" 시의 화자는 "구름이 되어" 몽상에 잠긴다. 마치 구름처럼 "집과 골목에서 멀어져/깊은 산중으로 떠간다". 몽상은 몽상인데 온몸으로 겪으며 감각하는 몽상인 셈이다. 구름이 되어서도 화자는 딸아이를 걱정한다. "짐승의 울부짖음 커지는 숲속"에서 "딸의 목소리가 새어 나오는 것 같아/소리 쪽으로 기울이다 낭떠러지로 주르륵/미끄러져 넝쿨을 붙잡고" 살려 달라고 소리 높여 "외친다". 구름이었다가 팔다리를 가진 사람이었다가 하며 화자의 몽상은 멀리멀리 나아간다. 살려 달라고 외치는 화자의 "목소리가 온 산을 흔들고 집 안을 울"린다. 새들과 이야기를 나누던 딸의 세계와 구름이 되었다가 낭떠러지에 가까스로 매달려 있는 화자의 세계는 이미 멀어져 있다. "딸은 새들과 이야기를 나누다 깜짝 놀라/노랗게 질린 나와 마주친다". 화자의 공포는 딸아이와 이별해야 하는 시간이 다가오고 있음을 직감하며 느끼는 공포이다. 그렇게 구름의 몸으로 "멀리 갔다" 오기를 되풀이하며 딸과 멀어지는 준비를 하는 것이겠다.

일찍 어머니를 여의고 오빠와도 사별한 경험을 가지고 있는 류현주 시의 주체는 오랫동안 함께해 온 아버지와의 이별이 멀지 않았음을 직감하며 이제 딸과 이별하는 연습을 해야 한다는 것도 문득 깨닫게 되었을 것이다. 어린 자식은 부모 품 안에서 오래 머무를 것 같지만, 아이들은 빠르게 자라고 언젠가는 부모 곁을 떠나게 된다. 누구나 겪을 수밖에 없는 자연스러운 섭리이지만 자신보다 더 소중히 여겨 온

자식을 독립시킬 준비를 하는 일이 쉬울 리는 없다. 일찍 어머니와 이별해야 했던 류현주 시의 주체에게 딸과 이별할 시간이 다가오고 있다는 감각은 더욱 남다르게 다가왔을 것이다. 청력을 잃고 기억을 잃어 가는 아버지를 "저승사자와 싸우고 있는" "강력한 사람"으로 그리고 있는 「무기 개발」은 아버지와 이별하기를 그린 시라는 점에서 위의 시와 짝을 이룬다.

4.

류현주의 이번 시집에서는 꿈과 현실, 환상과 현실이 뒤섞이는 시가 특히 눈에 띈다. 류현주의 시에서 꿈 또는 환상은 상실한 대상들을 만나는 장소로 등장한다. 많은 소중한 것들을 상실해야 했던 시적 주체의 삶이 꿈을 불러들이고 환상과 현실, 비현실과 현실을 뒤섞이게 만든 것으로 보인다. "불을 끄고 앉으니/떠나간 사람들이 몰려온다"고 류현주 시의 주체는 고백한다(「달빛 그리고 화병」).

이십 년 동안 부은 적금으로
하늘의 구름집을 샀다
앉으면 깊어지고 누우면 늘어난다
다섯 시간을 달려야
모서리에 닿는 침대에 누워
깊은 잠에 빠져든다
지상에는 내릴 수 없는

독수리 날개 무늬 탁자와

은하수가 움직이며 떠가는 책장의 요술 문

무지개가 종일 피어오르는 커피잔

이곳에 나무를 심어

뿌리를 단단히 내려야겠어

울타리를 쳐서 튼튼하게 막아 둬야 해

지나가는 또 한 무더기의

구름 떼를 바라본다

—「내 명의의 집」 전문

　"내 명의의 집"을 지상에 갖지 못한 시의 화자는 "이십 년 동안 부은 적금으로/하늘의 구름집을" 산다. 구름이 되어 몽상하던 시의 화자는 이제 "구름집"을 소유하고자 한다. 흩어지거나 자유자재로 모양을 바꾸면서 변화무쌍한 구름의 속성을 닮은 "하늘의 구름집"을 소유한다는 발상은 현실의 결핍을 아름답고 낭만적인 상상으로 바꾸는 힘을 보여 준다.

　"이십 년 동안 부은 적금으로"도 지상의 집을 살 수 없었던 화자는 "하늘의 구름집을" 산다. "구름집"은 "앉으면 깊어지고 누우면 늘어"나며 몸을 따라 자유자재로 변화한다. 구름의 유동성 덕분에 화자는 "다섯 시간을 달려야/모서리에 닿는 침대에 누워/깊은 잠에 빠져"들 수 있다. 소유주가 따로 없는 구름을 자신의 집으로 삼자 "독수리 날개 무늬 탁자와/은하수가 움직이며 떠가는 책장의 요술 문/무지개가 종일 피어오르는 커피잔"을 덩달아 누릴 수 있게 된다.

"이곳에 나무를 심어/뿌리를 단단히 내려야겠"다는 생각을 하며 화자는 "지나가는 또 한 무더기의/구름 떼를 바라본다". "구름집"은 몽상이 만들어 낸 집이므로 소유욕을 드러낸다 해도 어차피 소유할 수 있는 대상이 아니다. "구름집"을 사는 순간 화자는 독수리와 은하수와 무지개와 연루되어 자연의 일부가 된다. 비록 지상에서는 "내 명의의 집"을 소유하지 못했지만 "하늘의 구름집"을 사는 상상을 통해 이 시는 무소유의 아름다움을 시에 펼쳐 놓는다.

눈 내리는 밤 공원에

누군가 만들어 놓고 간 눈사람

전생에 한 번쯤은 사람이었던 걸까

심하게 부려먹은 손이 없네

전생에 한번은 떠돌이였던 게지

종일 걸어왔을 두 다리도 없네

볼을 한 번 꼬집으니 살점이 부서져 내려도

서 있기만 하는 눈사람

너무 많은 말을 해 버린 걸까

너무 많은 것을 알아 버린 걸까

아프다 할 눈 코 귀 입 하나도 없네

보고 들어야 할 세상이 모두 절벽인 사람

그리하여 온몸이 눈물로 가득 채워진 사람

누더기 이파리를 뜯어 눈을 하나 만들어 주네

잘못 든 길 돌아가려다 한밤을 서성이는

날 알아보고 웃고 있네

―「눈사람」 전문

　"눈 내리는 밤 공원에/누군가 만들어 놓고 간 눈사람"을 보고 화자는 "전생에 한 번쯤은 사람이었던 걸까" 생각한다. 손도 다리도 없고 "눈 코 귀 입 하나도 없"는데 눈사람이라 불리는 데서 화자의 상상이 시작된 것일 터이다. 없는 자리를 들여다보고 가늠하는 화자의 시선은 부재와 상실의 자리를 눈여겨보는 시선이다. 시의 화자가 경험한 고난과 상실의 시간이 투영되어 눈사람의 전생을 가늠하고 손과 두 다리의 부재, 더 나아가 "눈 코 귀 입"의 부재를 알아차린 것이겠다. "심하게 부려먹은 손"도 "종일 걸어왔을 두 다리도 없"고 "살점이 부서져 내려도/서 있기만" 할 뿐 "눈 코 귀 입 하나도 없"어서 "아프다" 하지도 못하는 눈사람의 처지에서 화자는 자신의 모습을 발견하고 동병상련의 감정을 느낀다. "보고 들어야 할 세상이 모두 절벽인 사람/그리하여 온몸이 눈물로 가득 채워진 사람"은 화자가 바라보는 눈사람이기도 하고 눈사람을 그렇게 인식하는 화자 자신이기도 하다.

　눈사람에 전생이라는 시간성을 부여하고 부재하는 자리를 알아차리는 화자의 시선과 "누더기 이파리를 뜯어 눈을 하나 만들어 주"는 행위를 통해 눈사람과 화자 사이에 관계가 형성된다. 누더기 같은 삶을 살아온 이들끼리의 연대감이 만들어 낸 관계성이라고 볼 수 있다. "이파리를 뜯어 눈

을” 만들어 준 ‘나’의 행위에 눈사람은 “잘못 든 길 돌아가
려다 한밤을 서성이는/날 알아보고 웃”는 반응을 보인다.
화자의 행위에 응답하는 눈사람의 웃음은 눈사람에게 시간
성과 생명을 부여해 준 화자에게 건넨 이심전심의 염화미
소인 셈이다.

답사객으로 보이는 45명을 태운 버스가

주차장으로 들어서자

46명의 사람들이 쏟아져 나온다

방생을 서두르기 위해 머리에

연꽃무늬가 새겨진 돌을 든 사람들

감은사가 있던 언저리를 가리키며 저기쯤이었어

부지런한 걸음을 재촉하며 언덕길을 오른다

머리가 희끗희끗한 46번째 방생자도

서두르는 법 없이 뒤처지지 않는 걸음으로

후미를 따라 오르고 있다

돌은 자기가 가지고 온 무게만큼 놓였다

반석 위로 석주를 세우고 제단을 쌓고

마음 크기대로 제물을 올려놓으니

순식간에 비탈진 언덕 위로 작은 절 하나가 세워졌다

증표가 필요해

숨을 고르고 있던 의심 많은 소설가가 입을 열었고

사진기를 들고 온 곱슬머리 사진작가가

흐트러진 빛을 끌어모아 사진을 찍는다

돌의 무게를 덜어 한결 가벼워진 사람들

앞에 서고 뒤로 빼고 발을 세우고

감은사가 흔들릴까 봐 눈을 깜빡이지 않으려

다시 한번 하나 두울 세엣

순간, 감은사가 사라졌다

누구 하나 감은사를 말하지 않았다

산머리에 붙어 있던 해가 놀라 기울어 갔다

잃어버린 감은사를 찾아내야 해

덩그러니 깨진 석탑만 남은 빈터

45명을 태운 버스가 서둘러 떠나갔다

46번째 방생자를 본 사람 아무도 없었다

―「감은사로 간 시인」 전문

현실과 환상이 뒤섞이는 흥미로운 풍경은 이 시에서도 펼쳐진다. "답사객으로 보이는 45명을 태운 버스가/주차장으로 들어서자/46명의 사람들이 쏟아져 나온다"라는 첫 문장부터 현실의 논리로는 설명하기 어려운 비현실의 기운이 감돈다. 버스에서 내린 사람들은 "방생을 서두르기 위해 머리에/연꽃무늬가 새겨진 돌을 든 사람들"로 "감은사가 있던 언저리를 가리키며" "부지런한 걸음을 재촉하며 언덕길을 오른다". "머리가 희끗희끗한 46번째 방생자도/서두르는 법 없이" 일행의 "후미를 따라 오르고 있다". 이들은 "자기가 가지고 온 무게만큼" 돌을 놓아 "반석 위로 석주를 세우고 제단을 쌓고/마음 크기대로 제물을 올려놓"았고, 그러자 "순식간에 비탈진 언덕 위로 작은 절 하나가 세워졌다". 감은사가 현현한 것이다. 이렇듯 현실과 환상이 뒤섞인 비현실적인 풍경이 시에 펼쳐진다. "의심 많은 소설가가" "증표가 필요"하다고 "입을 열었고" "사진기를 들고 온 곱슬머리 사진작가"는 "흐트러진 빛을 끌어모아 사진을 찍"었다. 그런데 "하나 두울 세엣" 사진을 찍는 "순간, 감은사가 사라졌다". "누구 하나 감은사를 말하지 않았"고 "덩그러니 깨진 석탑만 남은 빈터"를 "45명을 태운 버스가 서둘러 떠나갔다". "46번째 방생자를 본 사람 아무도 없었다"고 화자는 말한다. 감은사와 함께 사라진 46번째 방생자는 이 시의 제목으로 미루어 보건대 '시인' 자신이다.

주지하듯 감은사는 절터와 감은사지 3층 석탑만 남은 절이다. 이름과 터는 전하지만 절은 존재하지 않는다. 부재하는 감은사를 현실로 불러오려는 시도를 마음 크기만 한 돌을 든 45명의 사람들이 모두 한 셈이지만 증표를 남기고 싶어 하는 순간 감은사는 사라지고 만다. 부재하는 감은사를 있는 그대로 상상할 수 있는 존재는 감은사와 함께 사라진 시인밖에 없다고 류현주의 시는 말한다. 류현주 시인은 부재하지만 존재하는 감은사 같은 시를 쓰고 싶어 한다. 부재하지만 강한 존재감을 드러내는 시. 그녀의 시에서 꿈과 환상이 자주 소환되는 것도 그 때문일 것이다.

5.
류현주의 시에 따르면 "한여름 갑작스레 시려 오는 발은/

땅에서 뿌리 뽑힌 기억 때문이다”(「발」). 자연과 더불어 낭만적으로 살아가고 싶었지만 그것은 오직 꿈속에서만 가능했다. 뿌리 뽑힌 현대인의 자의식은 시림의 감각으로 류현주의 시에 고독을 아로새긴다. 죽음과 가난에서 벗어날 수 있는 공간이 환상을 통해 마련되었을 것이고 그것을 가능케 한 것이 시였을 것이다.

류현주는 소리에 예민한 시인이다. 바깥에서 들려오는 소리뿐 아니라 내면에서 들려오는 소리에도 예민하게 귀 기울일 줄 안다. “아주 먼 기억 속에 슬피 우는/막내딸의 울음소리 하나가” 아버지의 “노쇠한 몸을 일으”켰듯이(「고생대의 무덤처럼」), 마음의 소리에 귀 기울이며 사람을 살리는 시를 쓰고 싶어 하는 것이겠다. “우리 동네 어두운 골목길”에서 “누군가 술 취한 목소리로 이름을 부르”는 외침에 시인이 귀 기울이는 까닭도 “온밤을 흔들어 보는” “간절한” 마음을 잘 알고 있기 때문일 터이다. “끝내 자기 자신으로 향하는 외침”의 간절함을 기억하며 류현주는 상실을 견디는 시인의 운명을 걸어가고자 한다.(「외치는 사람」) 이것이 류현주의 시가 상실한 대상을 애도하는 방식이다.